Pour mon pépé
de Plestin-les-Grèves.

Merci à Pascal
pour son aide précieuse.

60-62, rue Saint-André-des-Arts, 75006 Paris
www.didier-jeunesse.com
Conception et réalisation graphiques : Pascal Queignec
Photogravure : IGS-CP (16)
ISBN : 978-2-278-09783-8 – Dépôt légal : 9783/01
Loi n° 49-956 du 16 juillet 1949 sur les publications destinées à la jeunesse

Achevé d'imprimer en France en mars 2020 chez Pollina (Luçon), 93611,
sur papier composé de fibres naturelles renouvelables, recyclables, fabriquées à partir de bois issus de forêts gérées durablement.

Lætitia Le Saux

POMPON

GARDIEN DE PHARE

KRIEK!
KRIEK!

Pompon est gardien de phare.

Avec Crevette, son chien fidèle,
il a vogué sur toutes les mers et tous les océans,
il a essuyé des tempêtes et bravé les éléments.

Aujourd'hui, fini les voyages au long cours,
fini d'avoir la tête à l'envers.
Désormais ils ont tous les deux les pieds sur terre !

– **BIGRE DE BOUGRE !** s'exclame Pompon.
Je ne bouge plus d'ici ! Maintenant, je suis le petit point lumineux
que tous les marins cherchent du regard.

– **WOUAF, WOUAF !**
Nous sommes les gardiens de la mer. Quel bonheur !

Pompon, ronchon, bougon, souvent grognon, est toujours aux aguets.

De bas en haut du phare, les deux amis s'activent :
allumer le feu pour la nuit et l'éteindre en journée ;
remonter le mécanisme pour que la lumière tourne ;
réparer, nettoyer les vitres, astiquer les réflecteurs ;
surveiller l'horizon, rester vigilant ;
enfin, tout consigner dans le journal du phare.

Pompon et Crevette se trouvent très chanceux
et heureux de cette vie, entre ciel et mer.

PÉTROLE

– **NOM D'UN BIGORNEAU !**
Comme j'aime ces journées
bleu baleine…
Tant que nous aurons
les yeux ouverts, Crevette,
point de naufrage il n'y aura !

– Ouvre un œil,
j'ouvre l'autre !

Aujourd'hui, temps arc-en-ciel, la mer est d'huile.
Les voiliers font des ronds dans l'eau et les paquebots, hauts comme des immeubles, n'auront pas de mal à garder le cap !

– **NOM D'UNE BERNIQUE !**
Ne restons pas accrochés à notre rocher.
ALLEZ, ZOU, partons à la pêche !

– Allons à babord, à tribord, voir si ça mord !

KRIEK
KRIEK!

Mais, soudain, la houle se forme.
Le vent souffle à décoiffer les sirènes.
Les vagues sont plus hautes que des montagnes.

– **NOM D'UNE SARDINE EN BOÎTE !**
J'aime quand les vagues claquent sur les carreaux du phare.
Accroche-toi, Crevette, on va déguster !
Ça risque de secouer un peu, ce soir.
File, grimpe, ferme les écoutilles, vérifie
que tout est en ordre et que le phare est bien allumé.

Graines de SALADE
modèle BONNET
MONTER 102 mailles Aig N°6

Par ce temps gris souris,
Pompon et Crevette, bien à l'abri,
en profitent pour compléter
leur collection de rêves en bouteille.

Au beau milieu de la nuit noire, la mer en colère se déchaîne
et Pompon se réveille en sursaut.

– J'ai fait un affreux cauchemar, Crevette.
J'ai rêvé que le phare ne brillait plus.
NOM D'UNE BARBE DE LOUP DE MER,
nous avions oublié de l'allumer !

– MAZETTE !

Au matin, le temps est noir et blanc, à ne pas mettre un chien dehors.

– **NOM D'UN BERNARD-L'HERMITE !**
Je n'aime pas le brouillard. L'horizon devient coton.
Voilà une journée à tâtons où tout va de travers.
Bouge-toi, Crevette, monte vite sonner la corne de brume,
les marins doivent nous entendre pour garder le bon cap.

MUT
GROND

Le lendemain, Crevette file à la boîte aux lettres.
La nouvelle tombe...

– **CRÉNOM DE NOM !** Le phare va être équipé de la fée électricité.

– **NOM D'UN GROS BULOT TOUT BAVEUX !**
Mais... nous ne savons rien faire d'autre que veiller sur les marins, mettre des bateaux en bouteilles...

– ... tricoter des bonnets...

– ... et cultiver des salades !

– Qu'allons-nous devenir, si le phare s'allume tout seul ?

modèle
BONNET
MONTER 102 mailles
Aig N°6

Quelques jours plus tard,
le soleil au zénith et la mer d'huile
redonnent du courage à Pompon et à Crevette.

Ils briquent, astiquent, bichonnent leur phare
avec enthousiasme, le cœur léger.

– **NOM DE NOM !**
Il faut qu'il brille, Crevette !
Allez, au boulot.
Repeins-moi ce phare dare-dare,
il doit être vu de loin !

Par un beau matin de brise légère, le moral au beau fixe,
Pompon se réjouit :

– Va relever les casiers Crevette, on a des invités !

Le rêve de Pompon et Crevette sort enfin de sa bouteille et prend vie...

Désormais, leur paradis est ouvert à tous.

Le restaurant « Chez Pompon » domine l'horizon, de jour, comme de nuit, par temps arc-en-ciel, bleu baleine et même gris souris !

CHEZ POMPON
CHEZ
POMPON

Bigorneaux
CHEZ POMPON
chez POMPON
sardines grillées
Berlingues caramel au beurre salé
chez Pompon
CHEZ POMPON